LA FRANCE

DANS

L'EXTRÈME ORIENT

POËME

QUI A REMPORTÉ LE PRIX PROPOSÉ PAR L'ACADÉMIE FRANÇAISE

LU DANS LA SÉANCE PUBLIQUE ANNUELLE DU 25 JUILLET 1865

PAR LE

Vte HENRI DE BORNIER

De la lumière! De la lumière! Encore plus de lumière!
DERNIÈRES PAROLES DE GŒTHE.

PARIS

CHARLES DOUNIOL, LIBRAIRE-ÉDITEUR

29, RUE DE TOURNON, 29

1865

LA FRANCE

DANS

L'EXTRÊME ORIENT

PARIS. — IMP. SIMON RAÇON ET COMP., RUE D'ERFURTH, 1.

LA FRANCE

DANS

L'EXTRÊME ORIENT

POÈME

QUI A REMPORTÉ LE PRIX PROPOSÉ PAR L'ACADÉMIE FRANÇAISE, LU DANS LA SÉANCE
PUBLIQUE ANNUELLE DU 25 JUILLET 1865.

PAR

LE Vᵗᵉ HENRI DE BORNIER

PARIS

CHARLES DOUNIOL, LIBRAIRE-ÉDITEUR

29, RUE DE TOURNON, 29

1865

LA FRANCE
DANS L'EXTRÊME ORIENT

De la lumière ! De la lumière ! Encore plus de lumière !
DERNIÈRES PAROLES DE GŒTHE.

C'est l'empire des fleurs ! Le merveilleux empire
Où les savants sont rois, où les sages sont dieux,
Où l'amour des beaux-arts est dans l'air qu'on respire,
Où le luth aux clous d'or vibre mélodieux ;

Ainsi qu'une forêt que la nuit enveloppe,
Son histoire se perd dans les siècles lointains ;
Quand l'avenir s'ouvrait à peine pour l'Europe,
Il semblait que la Chine eût rempli ses destins :

Ruche immense, toujours active et toujours pleine,
Peuple qui du travail aimait les douces lois,
Dans les cieux miroitaient ses tours de porcelaine
Au temps où nos aïeux erraient au fond des bois ;

A l'heure où vous traîniez les lourdes catapultes,
Légions de César, phalanges d'Annibal,
Trouvant sa flèche lente à venger ses insultes,
Un Tartare donnait au tonnerre un rival :

Longtemps, en tout, ce peuple a devancé les autres :
La boussole guidait ses voiles de bambous,
Ses poëtes chantaient, rêvaient, avant les nôtres,
Il eut son Gutenberg, son Socrate, avant nous ;

Il connut, écoutant ses lettrés et ses prêtres,
La sagesse riante et l'utile raison :
Il faisait remonter la noblesse aux ancêtres
Et la gloire d'un homme à toute sa maison :

Quand un héros, après les sanglantes mêlées,
Rentrait vainqueur, c'est toi, Pitié, qui triomphais !...
Lui, sur ses vêtements, sur ses armes voilées,
Portait le deuil des morts que sa gloire avait faits[1] !

Ainsi, de son pouvoir, étendant la limite
Des rives de l'Oxus aux rives de l'Amour,
Dominant le Japon et l'empire Annamite,
Le Fils du ciel marchait plus puissant chaque jour.

Et maintenant d'où vient que ce colosse tombe ?
Quelle invisible main a frappé le puissant ?
Pourquoi se couche-t-il tout vivant dans la tombe ?
Et d'où vient que sur lui déjà l'ombre descend ?

C'est qu'il a redouté de plus longues épreuves ;
C'est que, fermé d'avance aux peuples qui viendront,
Comme ferait la mer en repoussant les fleuves,
Dans son immensité lui-même il se corrompt !

[1] Voir dans la *Revue des Deux Mondes*, du 15 août 1842, l'article de M. Ampère sur la religion du Tao.

C'est qu'il est immobile et qu'il est solitaire !
C'est qu'il ne veut avoir ni frère ni témoin ;
C'est qu'il a dédaigné, croyant qu'on la fait taire,
La voix d'en haut qui dit à l'homme : Va plus loin !

* * *

Va plus loin ! Que rien ne t'arrête,
Pas même la postérité !
A chaque jour que Dieu te prête,
Va plus loin dans la vérité !
Va plus avant dans la justice,
Combats l'erreur, dompte le vice,
Enseigne ce que Dieu t'apprit,
Ose ! Compare ! Juge ! Invente !
Et partout, d'une âme fervente,
Propage la loi de l'esprit !

* * *

« Non ! non ! — ont répondu d'une voix affaiblie
Empereurs, mandarins, peuple, bonzes, soldats, —
Notre moisson est faite et notre œuvre accomplie,
Le jour tombe, et nous sommes las ;

« Il est doux de dormir sur les jonques, de suivre
Le cours du fleuve Bleu mollement agité ;
De chauffer lentement sur les planches de cuivre
    La feuille odorante du thé[1] ;

« Il est doux de rêver, dans les fraîches pagodes,
De se créer des dieux qui ne défendent rien,
Et de lire des vers en quatre périodes[2]
    Coupés selon le rhythme ancien ;

« Il est doux de penser qu'à travers un nuage
L'âme de l'homme passe ainsi qu'un astre errant,
De ne rien regretter de l'éternel voyage
    Et de ne rien craindre en mourant !

« Que nous importent donc les conquêtes humaines ?
Rien ne change, et tout meurt ; l'homme à l'homme est pareil ;
Si la vie est un songe, à quoi bon tant de peines[3] ?
    Après le plaisir, le sommeil ! »

[1] Voir *Revue des Deux Mondes* du 1er janv. 1860, l'art. de M. Payen sur le thé.

[2] Voir, sur les quatre périodes nécessaires dans toute pièce de vers, la préface des *Poésies de l'époque des Thang*, traduites par M. d'Hervey de Saint-Denys.

[3] Si la vie n'est qu'un songe, pourquoi tourmenter son existence ? (*Poésies de Li-Taï-Pé*.)

. . .

Tu ne dormiras pas encore,
O peuple! Ce n'est pas la nuit,
Ce n'est que la fin de l'aurore,
Et le vrai jour à peine luit;
En vain ta coupable paresse,
Pour qu'à jamais il disparaisse,
Au soleil prodigue ses vœux;
En vain tu fermes la paupière,
Dieu te condamne à la lumière
Et te dit : Debout! je le veux!

S'il est des peuples qui sommeillent,
Parqués comme de grands troupeaux,
Il est d'autres peuples qui veillent
Et que tourmente le repos;
Un souffle incessant les soulève,
Ils portent la croix ou le glaive,
Rien n'abat ces hardis marcheurs,
Et, quand la nuit nous environne,
L'aube éternelle les couronne
De mystérieuses blancheurs!

Peuples-soldats, peuples-apôtres,
Pionniers de tous les chemins,
Éclairant la marche des autres,
Préparant tous les lendemains!
Cette gloire est surtout la tienne,
France militaire et chrétienne
A l'œil terrible ou souriant;
C'est toi qui par Dieu fus choisie
Pour rajeunir la vieille Asie
Et pour réveiller l'Orient!

I

LE MISSIONNAIRE

Celui qui partira le premier, c'est le prêtre!
Son courage, lui-même il l'ignore peut-être ;
On lui dit : pars! Il part, sans prendre d'autres soins,
Son bréviaire à la main, libre, simple, tranquille,
Et les oisifs, tandis qu'il traverse la ville,
Disent en ricanant : « C'est un soldat de moins ! »

C'est un soldat de plus! Qu'un faux sage le raille ;
Mais vous qu'ont vu grandir tous nos champs de bataille,
Je vous atteste ici, héros armés par nous,
Vous dont la gloire sait comprendre toute gloire,
Répondez! N'est-ce pas que la soutane noire
Cache des cœurs vaillants à vous rendre jaloux?

L'apôtre part aussi pour des guerres lointaines,
Sans avoir comme vous les bannières hautaines,
Sans la pompe guerrière, enivrement du cœur,
Sans le regard du chef, qui déjà récompense,
Sans l'appel du clairon dans la mêlée immense,
Sans l'orgueil de mourir sous le drapeau vainqueur !

Il aborde à la rive où tous ses rêves tendent,
La nuit, seul et furtif, sans amis qui l'attendent;
Ce héros de la foi doit échapper aux yeux,
Quitter l'habit français, refaire son visage,
Et fuir loin des cités où le guette au passage
Le mandarin obèse à l'œil astucieux !

A chaque jour nouveau de nouvelles épreuves;
Il franchit les déserts, les monts, les lacs, les fleuves,
Sons la bise ou la neige ou le ciel étouffant,
Heureux si quelquefois un rare néophyte,
Chrétien timide encor, de ses leçons profite,
S'il fait entrer Jésus dans le cœur d'un enfant !

Cependant, en des jours moins tristes que les vôtres,
Pékin même, Pékin s'ouvrit à nos apôtres :
Sectateurs du Tao, bonzes du dieu Bouddha,
Fils de Confucius, vous avez vu paraître
Les envoyés du Christ dans le palais du maître...
Mais le maître bientôt à vos terreurs céda ;

Oui, la peur les saisit, la peur de l'Évangile !
Le colosse sentit trembler ses pieds d'argile,
Un souffle les fit tous frissonner jusqu'aux os,
Le despote inquiet pour son pouvoir sans borne,
Se leva tout à coup, et, rouvrant son œil morne,
Cria : « Chassez ce Dieu qui trouble mon repos ! »

Pour renverser, ô Christ, ton Église abhorrée,
Rivalisent de haine et la rude Corée
Et le Japon sinistre, Yeddo comme Pékin ;
La persécution rapide et triomphante
S'étend sur tout un monde, et chaque ville enfante
Son Néron abruti de colère et de vin !

Un prêtre est dans leurs mains ! le tribunal s'apprête ;
Le juge accourt joyeux comme pour une fête ;
La victime attendra longtemps le coup fatal,
Car le bourreau lettré veut montrer sa science,
Prouver aux yeux de tous sa longue expérience
Et mériter au moins le bouton de cristal !

Mais l'apôtre, évitant de lâches subterfuges,
Répond, tranquille et doux, l'œil fixé sur les juges :
« Je suis chrétien ! Je suis chrétien ! Êtes-vous prêts ?
Versez mon sang, afin que pour vous il s'élève !
Tombe, tombe au plus tôt ma tête sous ce glaive !
Et que j'aille pour vous prier Dieu de plus près ! »

Ce calme du chrétien fait éclater leur rage :
Les semelles de cuir soufflettent son visage [1],
La cangue, affreusement, charge et courbe ses reins,
Les fouets coupent sa chair que mordent les tenailles,
Les pinces et les crocs fouillent dans ses entrailles...
Et dans l'ombre il entend rire les mandarins !

⋆ ⋆ ⋆

Et, peut-être, pour nous c'est l'heure de la joie !
De nos plaisirs bruyants la pompe se déploie,
Les parfums, la lumière et l'or et le cristal
Changent en voluptés les fatigues du bal,
Une étrange langueur couvre tous les visages,
Un démon invisible envahit les plus sages,
Les femmes aux bras nus, qui passent doucement,
Jettent dans tous les yeux un éblouissement,
Et, lasse quelquefois, la valseuse s'incline
Pour respirer des fleurs... dans les vases de Chine !

[1] Les Chinois ont inventé cet instrument spécial pour donner des soufflets.

II

LE COMMERÇANT

Puisque ce peuple, ô Christ, pour repousser ta loi
    Lève son bras féroce,
Il verra succéder aux hommes de la foi
    Les hommes du négoce.

Le prêtre, peuple ingrat, n'est venu que pour vous,
    Car le prêtre vous aime;
Le commerçant, avide et de son gain jaloux,
    Ne vient que pour lui-même!

Nos vaisseaux sans obstacle abordent, cependant,
    Sous les yeux du Tartare;
Le commerce, pour lui c'est l'or de l'Occident,
    Et la Chine est avare.

« De l'or ! — a-t-elle dit, — qu'ils apportent de l'or !
    Que pour nous ils l'amassent !
Que les lingots pesants, demain, toujours, encor,
    Dans nos palais s'entassent !

« A vous le thé, la laque et les tissus légers !
    Venez l'un après l'autre !
A nous rien que de l'or ! Tout l'or des étrangers !
    Nous garderons le nôtre !

« Mais ne laissons jamais le Barbare aux yeux bleus [1]
    Pénétrer dans nos villes,
Et brûlons sans pitié les comptoirs orgueilleux
    De ces nations viles ! »

* * *

Eh bien ! peuple ennemi du commerce fécond,
Au commerce mortel tes portes s'ouvriront !
L'opium est entré dans tes mille provinces,
Partout, dans la pagode et le palais des princes :
Tes juges aux yeux lourds, en leur vague torpeur,
Respirent l'enivrante et fatale vapeur,
Et le guerrier lui-même avec peine soulève
Ses membres énervés par les spasmes du rêve !

---

[1] On connaît l'horreur des Chinois pour les yeux bleus de l'Européen.

* * *

Ah! détournons les yeux d'un spectacle pareil,
Arrachons l'Orient à ce lâche sommeil,
Poursuivons, malgré lui, notre grande entreprise,
Et ces portes qu'il veut nous fermer, — qu'on les brise!

III

LE SOLDAT

.

Partez, puisqu'il le faut, pour ce monde inconnu,
Soldats français : le jour de l'épée est venu !

*　*　*

Soldats, la cause est bonne et juste la conquête;
Avec cet étendard qui flotte à votre tête
    L'esprit chrétien prend son essor;
Vous êtes, aujourd'hui comme dans un autre âge,
L'honneur, le dévouement, la force, le courage...
    Vous êtes la pensée encor!

Ta plus puissante armée, ô France, c'est ton âme !
Ce n'est pas seulement le soldat qu'on acclame
        Et qui part les yeux pleins d'éclairs ;
C'est l'écrivain habile à raconter nos gloires,
Le poëte qui met au front de tes victoires
        Le diadème de ses vers ;

C'est le savant qui veille et qui cherche sans cesse ;
C'est le législateur qui plie avec sagesse
        Tes forces à la même loi ;
C'est l'orateur par qui s'explique ton génie,
C'est le prince dont l'âme à ton âme est unie ;
        Ton armée, ô France, c'est toi !

C'est toi qui de la Chine abaissais les barrières ;
C'est toi qui foudroyais l'armée aux huit bannières,
        Ces hordes d'affreux combattants ;
C'est toi surtout, après cette victoire épique,
Qui cherchais dans Pékin le temple catholique
        Profané depuis quarante ans !

O désolation de l'église déserte!
La porte était murée et la toiture ouverte,
　　Dans la nef s'engouffrait le vent,
La pluie avait souillé l'autel, rongé les marbres,
Et, muets insulteurs, s'élevaient de grands arbres
　　Sur l'image du Dieu vivant!

Mais, ô miracle! un jour ces portes se rouvrirent,
De nos soldats émus les fronts se découvrirent
　　En pénétrant dans le saint lieu,
Et l'évêque, adorant la croix que l'on redresse,
Bénit, parmi les cris et les chants d'allégresse,
　　La France qui lui rend son Dieu!

* * *

　　Vous avez, drapeaux de la France,
　　Sans vous reposer un seul jour,
　　Porté la crainte ou l'espérance
　　A tous les peuples tour à tour;

　　Partout, dans ce siècle homérique,
　　Vos plis illustres ont flotté :
　　Sur le berceau de l'Amérique
　　Qui naissait pour la liberté,

Sur Milan, sur les Pyramides,
Sur les forêts de Witikind,
Sur le désert des rois numides,
Sur les palais de Charles-Quint;

Mais ces jours qu'on idéalise,
Notre temps n'en est plus jaloux ..
Nous avons conquis cette église,
Et le Ciel est content de nous!

* * *

Ce n'est pas, ce n'est pas le deuil et l'esclavage
Que nous allons porter aux peuples éperdus :
France, tu rougirais d'un triomphe sauvage,
Ton nouveau cri de guerre est *Bonheur aux vaincus !*

De vos blêmes tyrans, de leurs sanglants caprices
Nous vous délivrerons, peuples près de périr,
Et nous délivrerons vos tyrans de leurs vices :
Ceux qui souffrent, d'abord, puis ceux qui font souffrir !

Ce que nous t'apportons, sombre et muette Asie,
C'est notre foi, chez toi ravivant son flambeau ;
L'esprit de liberté, la mâle poésie,
Nos sciences, un art plus puissant et plus beau,

La dignité par qui le faible se redresse,
La fermeté du cœur que la vertu défend;
Ce que nous t'apportons, c'est l'esprit de tendresse,
Le respect de la femme et l'amour de l'enfant!

Regardez donc! Dieu se dévoile:
Il vous parle, écoutez sa voix:
Debout, peuples! Suivez l'étoile,
Comme vos Mages autrefois!
Hâtez-vous, tandis qu'elle brille!
Rentrez dans la grande famille,
Dieu vous rouvre tous les chemins:
En marche, esclaves de la veille!
Et louez Dieu qui vous réveille
Et vous délivre par nos mains!

PARIS. — IMP. SIMON RAÇON ET COMP., RUE D'ERFURTH, 1.